LETTRE

AU

BIBLIOPHILE JACOB,

RÉDACTEUR DU BULLETIN DES ARTS,

SUR LE

CABINET DES ESTAMPES

ET

L'EXCELLENTE ADMINISTRATION DE M. DUCHESNE AINÉ,

Par A. Bonnardot.

―――――

Se trouve à Paris,

AU BUREAU DE L'ALLIANCE DES ARTS,

ET

CHEZ DEFLORENNE NEVEU, LIBRAIRE,

QUAI DE L'ÉCOLE, 16.

1848.

LETTRE

AU

BIBLIOPHILE JACOB.

— · — ·⇒⊙⊙⊙⇐— · —

MONSIEUR LE BIBLIOPHILE,

Un ordre supérieur menace à la fois le repos du chef vénérable préposé au cabinet des *estampes*, et l'intérêt des vrais travailleurs qui fréquentent son département. Si les bruits qui courent ne sont pas exagérés, on voudrait faire expier à M. Duchesne la gestion la mieux entendue, le respect qui l'entoure, enfin cette renommée de bienveillance, de zèle et de progrès, qui fait contraste avec la marche générale adoptée ailleurs. Puis, on s'attaquerait à ces recueils formés, sans objections d'aucune part, depuis tant d'années ; on démembrerait cette ingénieuse encyclopédie composée de milliers d'estampes de toute espèce, qui n'eussent, autrement, porté jamais aucun fruit pour personne.

Il serait aussi question d'interdire les ressources de cet arsenal public à toute recherche étrangère à l'art du graveur, d'assigner au cabinet des estampes une limite beaucoup plus étroite, et de dresser un nouveau catalogue en harmonie, sans doute, avec ces incroyables réformes.

Heureusement, Monsieur, je n'ajoute point foi, sans hésitation, aux sinistres présages ; je ne vois qu'un fait positif, qu'une première attaque : je veux parler de la nomination d'illustres experts, laquelle semble impliquer le désaveu d'une excellente administration. L'exclusion de M. Duchesne de cette commission est un acte d'inconvenance, une humiliation gratuite et imméritée, infligée sans ménagement. Au reste, les procédés rudes ou haineux restent toujours à la charge de leurs auteurs.

Dans un article écrit depuis plusieurs mois et inséré dans votre numéro du 10 décembre, je rendais, en passant, à notre conservateur, une stricte justice mêlée de quelque blâme (1); mais je veux ici m'étendre plus au long sur son mérite personnel; et ce que je vais dire, j'en suis sûr d'avance, sera ratifié de tous ceux qui connaissent ses travaux et sa personne.

Nul, d'abord, ne niera son affabilité, son empressement à aider de ses efforts et de ses lumières toute personne qu'il juge dévouée sincèrement à des recherches sérieuses.

J'ai personnellement éprouvé l'effet de cette bienveillance, lorsque, en 1839, je résolus d'entreprendre un catalogue raisonné, et aussi complet que possible, de tout ce qui a été imprimé ou gravé sur le département de la Seine. Plût à Dieu qu'un ouvrage de si longue haleine pût être aujourd'hui terminé! mon livre donnerait plus de poids à mes paroles, et justifierait, par sa seule publication, le système de classification de M. Duchesne. Maintes fois il me mit sur la trace d'ouvrages dont je connaissais à peine le titre; m'éclaira sur la date d'une pièce importante, sur le graveur à qui l'on devait l'attribuer, et cela, sans me connaître autrement qu'à titre de travailleur. Sont-ce là des qualités qui entraînent la peine de *la réprimande*, comme on dit au conseil de discipline?

Aux imprimés, M. Guichard, me facilitait également la recherche de livres fort rares; mais, en dépit de son zèle, il m'était le plus souvent, impossible d'obtenir les éditions importantes pour les compulser. J'avais bien un numéro d'ordre inscrit sur mon bulletin, mais *l'ordre réel* n'existait nulle part. Au cabinet

(1) Blâme qui avait pour objet l'incorporation de mauvaises compositions modernes aux gravures historiques contemporaines des événements; mais la réflexion m'amène à adoucir cette critique. On conçoit l'embarras d'un conservateur obligé, par ses fonctions, de classer tous les produits modernes. Il est des lithographies fort médiocres qui ont pour base des renseignements inédits Or, M. Duchesne n'a pas, comme un iconophile indépendant, le loisir de vérifier et de juger ce qu'il doit exclure. Il classe, en attendant mieux.

des estampes, au contraire, j'obtenais l'objet de ma demande, même sur des renseignements peu précis, et cela, grâce à la mémoire et à la longue pratique de M. le directeur. De temps à autre il me renvoyait à la salle *des Pas-Perdus* (salle de lecture des imprimés) pour consulter des recueils d'estampes ou d'ouvrages à figures, qu'une inconcevable rivalité entre les divers départements de la bibliothèque avait réussi à *dépayser*. Là, je patientais, courant d'un bureau à l'autre : l'ouvrage enfin se trouvait... sur le catalogue, mais rarement sur son rayon.

Rebuté d'un labeur qui m'assimilait trop à l'architecte de la tour de Babel, je m'en tins, autant qu'il me fut possible, au cabinet des estampes, où, depuis six ans, j'ai recueilli des milliers de documents historiques ou artistiques fort peu connus. Aussi puis-je rendre compte, mieux que tout autre, de certaines collections que j'ai visitées plusieurs fois, et dont je me promets, un jour, de compléter plus d'une lacune. On ne saurait assigner un ordre plus parfait aux suites d'estampes ou de dessins formées par M. Duchesne sur la topographie, les tombeaux, les saints, les aérostats, les scènes de la révolution, les costumes, etc.; classez autrement ces recueils, ils deviennent tout à fait nuls. Par exemple : formez une *œuvre* de quelques chétives productions d'un graveur médiocre et inconnu, vous leur ôtez tout l'intérêt que leur eût communiqué l'ordre par sujets.

Un fait certifie, à mes yeux, le zèle assidu qui anime l'auteur de ces vastes collections dont la vie est le progrès. Toutes les fois que je refeuilletais un volume après un an d'intervalle, j'y voyais toujours intercalées plusieurs pièces nouvelles, et j'observais, dans le classement, des rectifications importantes. J'ai pu noter encore que les estampes de maîtres, vraiment dignes de ce nom, ne figurent jamais dans ces recueils qu'en qualité de doubles et d'épreuves courantes, et cela avec raison. Ainsi, on trouvera à l'article *Pont-Neuf* (quartier du Palais), les deux vues de la tour de Nesle, par Callot, et la perspective du Pont-Neuf, par La Belle; à l'article A des collections de Saints, la Tentation de saint Antoine; mais ces estampes ne se présentent là qu'à l'état d'épreuves inférieures. Voulez-vous admirer les épreuves remarquables de ces bons graveurs? vous les retrouverez dans leurs œuvres spéciales, ou sous cadre. Cet emploi double des estampes, quand il peut avoir lieu, n'offre-t-il pas un avantage réel?

Ce seul exemple, entre mille, donnera une idée d'une si excellente méthode, appliquée à l'utilisation des doubles inutiles et des estampes trop médiocres pour faire école. On satisfait de la sorte à deux sortes d'études bien distinctes : l'artiste trouve à consulter l'œuvre du maître ; l'archéologue, le sujet qui l'intéresse (1). Chacun jouit à sa manière, et tout le monde est content, hors, dit-on, M. le directeur général.

Si l'auteur de ces suites d'estampes avait diverti de l'œuvre d'un célèbre artiste des pièces uniques, exceptionnelles, pour les incorporer, à cause du sujet, à des images médiocres ; s'il eût décomplété les maîtres pour enrichir son répertoire, on pourrait crier au vandalisme. Mais obtenir, sans nuire à l'art, deux sortes de collections ; mais trouver moyen, tout en utilisant des doubles ou des pièces sans importance, de seconder deux espèces de savants, n'est-ce point là du mérite ? Si l'on accordait l'honneur du recueil exclusivement aux sommités de l'art du burin, on aurait à rejeter au moins les neuf dixièmes des produits qui affluent de toute part, et qu'il faudrait emmagasiner dans un grenier obscur. On a trouvé mieux ; on a construit des édifices utiles avec des matériaux encombrants. Renversera-t-on ces bâtiments à demi-construits ? ou plutôt votera-t-on des remercîments publics à l'ingénieux architecte qui les éleva ?

Gardons-nous bien de croire que ce système de classement produise une suite indigne de la première bibliothèque du monde. Il semble que M. Duchesne ait prévu dès long-temps l'extension que prendraient un jour les études archéologiques, et les services que l'imagerie serait appelée à rendre aux sciences et à l'industrie. Cette nouvelle route ouverte à l'emploi des estampes, toute détournée qu'elle puisse paraître du but originaire du cabinet, forme une division qui ne doit plus désormais s'en séparer. Les réformes ou les innovations amenées par un besoin public ne peuvent s'anéantir. Si l'on voit, dans les salles de ce département, plus d'érudits peut-être que de graveurs, c'est que l'utilité de la gravure s'est étendue à un plus grand nombre d'usages.

(1) Comment, sans cette classification, l'archéologue qui recherche une tombe, le savant qui veut s'enquérir de la forme des premiers aérostats, pourrait-il trouver le sujet qui l'occupe ? Aurait-il le temps de parcourir les œuvres ou le catalogue détaillé de tous les graveurs pour y saisir au passage le renseignement demandé ?

C'est donc une affaire d'espace à régler, rien de plus; mais nul n'a le droit de priver de telles ressources le public studieux, qui, tout aussi bien que les artistes, a le droit de dire : « Cela m'est utile, et la jouissance m'en appartient. » Cette catégorie nouvelle a rempli les siéges jadis à peu près déserts du local précaire, de l'entresol obscur (malgré sa destination), que l'Europe connaît sous le nom de *Cabinet des estampes*. Grâce à Dieu! ce cabinet pourra un jour s'agrandir; qui empêcherait même, dès aujourd'hui, de tirer parti de cette grande salle du rez-de-chaussée qui regarde la rue Vivienne?

M. Naudet appréhende-t-il de voir s'accroître, à l'instar de son traitement, le domaine de ses attributions et l'importance de son poste? Craint-il un surcroît de surveillance? En vérité, on ne vit jamais un maréchal de France se plaindre d'avoir un nouveau corps d'armée sous ses ordres? Courage, au contraire! Elargissez l'espace. Place aux hommes laborieux en tout genre! A vous, artistes, qui vous inspirez au feu des grandes compositions; à vous, les chefs-d'œuvre de Marc-Antoine, de Rembrandt, de Callot, de Claude le Lorrain et de tant d'autres! A vous, historiographes, archéologues, orfèvres, architectes; à vous, ces collections en tout genre qui peuvent vous seconder, grâce au zèle assidu et éclairé d'un directeur intelligent! Prenez hautement son parti contre l'ignorance ou l'envie. Celui qui a consacré sa vie à vos intérêts mérite bien que vous proclamiez l'utilité de ses travaux.

J'ai entendu exprimer un singulier regret! on a peur que l'étude *n'use* à la fin ces vastes collections; on redoute cette armée de travailleurs en tout genre, comme l'Egypte les nuées de sauterelles. Vaines terreurs que tout cela. De bonnes précautions *hygiéniques* s'opposeront sans doute à un inconvénient dont les suites sont d'ailleurs si éloignées. Ecartez, au moyen de justes et sages règlements, les curieux ineptes; éconduisez les travailleurs peu sérieux; chassez le frelon de la ruche, après, toutefois, l'avoir bien distingué de l'abeille.

Mais, quoi qu'on fasse, est-il sûr qu'en effet nos recueils seront éternels? Tout s'use ici bas et doit être remplacé. Rien n'échappe à cette loi du destin, au bout d'un temps donné. Les choses même sans usage se détruisent à la longue, et peut-être un livre feuilleté de temps en temps a-t-il plus de chance de durée que soumis à une immobilité complète. Nulle loi humaine ne saurait prévenir la ruine : on la retarde, voilà tout. Mettons les choses au pis : nos archives, nos recueils finiront par s'user, même au sein de la civilisation ; mais il ne résulte pas de cette nécessité que le public perde le droit de se servir de ce qui lui appartient. Que diriez-vous d'un gouvernement qui prétendrait cacher tous les grains du royaume, sous prétexte que, livrés à la consommation, ils seront trop tôt épuisés ?

Par bonheur une idée consolante adoucit un raisonnement si inflexible. L'arbre périt, la forêt même disparaît du sol ; mais la végétation subsiste toujours : les œuvres des artistes meurent, mais l'art ne meurt pas. Une gravure usée par l'étude suppose des milliers de gravures nées de cette souche anéantie. Quand l'œuvre de Callot (si le fait est admissible), n'existera plus nulle part, on comptera en Europe plus d'un Callot issu de l'effet même de la ruine du maître

Vous semblez, Monsieur le bibliophile, redouter le jugement de MM. Delaroche, Dumesnil, etc. J'ai meilleur espoir que vous en leurs décisions : on n'a que des idées intelligentes à attendre d'hommes du premier mérite. Je souhaite à messieurs les experts le courage de lire ma lettre, ils en saisiront, j'en suis sûr, et le but et la portée.

Je ne vois rien précisément d'injurieux pour M. Duchesne dans un choix d'experts destinés à donner leur avis sur la rédaction d'un catalogue aussi important que celui de notre cabinet ; mais il y a, je le répète, dans le fait de l'exclusion de l'homme le plus à portée de juger en masse de toutes nos estampes, un manque d'égards, une intention hostile qui, heureusement, ne peut atteindre un iconophile aussi haut placé dans l'estime public. On reproche à notre conservateur de s'être occupé d'un catalogue. N'est-ce point là, au contraire, aux yeux de tous, un fait qui atteste son zèle, d'une manière irrécusable ? Il y a bien des systèmes de catalogues ; quel que soit celui que M. Duchesne ait adopté, ne fût-il même qu'un inventaire, qu'un travail préliminaire, c'est déjà une entreprise qui lui fait beaucoup d'honneur en un établissement où, en général, chacun semble trop chercher à rejeter la besogne sur son voisin. Modifiez le plan de ce travail, si vous le jugez

convenable ; mais ne refusez pas à la personne dont vous êtes
appelé à juger les actes le rare mérite du dévouement et du bon
exemple.

Puisqu'un des peintres les plus illustres du siècle a été appelé
au sein de cette commission, je parlerai peinture non en connaisseur (je ne m'attribue aucune compétence sur cet article), mais
uniquement pour faire mieux ressortir les services que M. Duchesne a rendus aux hommes appelés à glorifier notre France
artistique.

On pourrait signaler, à Versailles, plus d'un tableau historique
qui pèche, dans ses détails, par des anachronismes, par des erreurs
étranges dans le choix des costumes, des ornements, des ameu-
blements, des localités, des portraits historiques même, l'âme de
ces tableaux.

Eh bien! je certifie que les habiles auteurs de ces toiles eussent
évité une grande partie de ces fautes, s'ils eussent été à même de
bien connaître les ressources qu'offrent les recueils du cabinet des
estampes. Il ne manque en effet qu'un catalogue bien raisonné de
toutes ces richesses, pour en rendre aux artistes l'usage plus
facile et les leur faire bien apprécier.

Sous François Iᵉʳ et avant lui, nos peintres étaient (en dehors
de leur art) d'une ignorance profonde. Les peuples de tous les
siècles et de tous les pays portent, dans leurs compositions, des
costumes à peu près contemporains. Les miniatures de manu-
scrits, les anciennes fresques, les tapisseries, en fournissent des
exemples par milliers : ici des anges jouent du violon ; là, notre
Sauveur tient une coupe de Benvenuto Cellini : on eût mis volon-
tiers aux mains d'Alexandre une arquebuse à rouet.

Sous Henri IV, un peintre n'eût su rendre avec exactitude
une scène passée sous François Iᵉʳ ; sous Louis XV, les peintres
et graveurs ne pouvaient reproduire, sans déformer tous les détails de costumes, un épisode de la Ligue, bien qu'ils eussent déjà
à leur disposition l'ouvrage de Montfaucon et la collection de Fe-

vret de Fontettes, puissants auxiliaires dont ils se sont privés, soit par mépris, soit par ignorance (1).

De nos jours, les compositions historiques ont fait d'immenses progrès, grâce à quelques ouvrages d'archéologie, tels que celui de Villemin et autres. Mais que sont ces recueils isolés comparés aux vastes répertoires, à l'immense encyclopédie du cabinet des estampes? Anciens tombeaux, modes, statues, portraits, vitraux, ornements, armures, blason... tout abonde, grâce au zèle érudit que j'ai signalé.

Quand Gérard composa sa grande toile de l'entrée d'Henri IV à Paris, il se procura d'abord des modèles de portraits. Je ne sais si tous sont aussi exacts que celui du roi de Navarre ; mais, dans maint détail de costume et d'équipement, un habile connaisseur relèverait sans doute plus d'un anachronisme.

(1) Nos peintres et nos historiographes ne sont pas encore assez convaincus de tout l'avantage qu'on peut retirer des estampes historiques. Il n'y a peut-être en France que deux vastes collections en ce genre : celle de la Bibliothèque et celle de M. Hennin. Quelques iconophiles possèdent, non pas une suite, mais seulement quelques douzaines de pièces rares dont une partie manque à notre cabinet. M. Naudet attache, dit-on, fort peu d'importance à l'imagerie historique; de sorte que les fonds si minimes alloués pour l'achat de gravures n'ont jamais été appliqués à cette catégorie. C'est dommage pour nos collections, encore bien incomplètes, car ces sortes de pièces deviennent plus rares et haussent de prix de jour en jour.

L'Angleterre aurait-elle le privilége de nous donner en tout l'exemple? Dans certaines ventes, nos plus redoutables concurrents pour les estampes relatives à notre histoire étaient des Anglais.

Croirait-on que la reine Victoria trouve le temps, au milieu de ses fonctions *si compliquées*, de former des recueils de ce genre? Parmi ses sujets, il en est qui viennent draguer nos huîtres, d'autres récolter nos gravures curieuses, à titre de monuments nationaux. Plus d'un iconophile a pu voir M. Lablache assistant à des ventes, et se faisant adjuger des portraits d'Henri IV et de Louis XIII à des prix très élevés. Je suppose que le célèbre artiste maître de chant de S. M britannique réservait à sa royale élève un présent qui serait dignement apprécié La bibliothèque bodléienne , à Oxfort, possède 15 volumes de dessins de tombes françaises ; le roi de Saxe a formé un recueil considérable de portraits de Français illustres ; la bibliothèque impériale de Vienne montre avec orgueil une suite d'almanachs historiques français, dont notre cabinet est fort pauvre. N'est-ce point pour nous un sujet de honte de voir les étrangers plus curieux que nous-mêmes de ce qui touche notre histoire ? N'est-ce pas un motif pour désirer un directeur général à la fois littérateur, artiste et archéologue ?

Gérard eût plus fidèlement rendu la Porte Neuve, témoin de l'entrée du grand roi, s'il eût pu consulter le recueil de topographie et d'histoire de France en estampes; un seul coup d'œil jeté sur certains plans de Paris contemporains l'eût mieux éclairé sur le lieu de la scène; il eût avec un peu d'attention évité de placer l'abbaye Saint-Germain à l'endroit où nous voyons aujourd'hui le palais du quai d'Orsai. Israël Sylvestre, dans une grande vue de Paris (1650), a rendu très nettement cette Porte-Neuve et la tour qui l'avoisine. Mais comment Gérard eût-il deviné qu'il trouverait dans l'œuvre de Sylvestre le meilleur élément de sa composition? Avait-il le temps de feuilleter cent recueils sans être certain de réussir?

Un dernier exemple. Un directeur de théâtre veut monter un opéra intitulé *Charles VI*, ou *Les Croisades :* quels matériaux lui fourniront des modèles exacts de costumes, de décors, sinon les vieilles tombes, les miniatures anciennes, les sculptures, les tapisseries, les médailles, etc ?.. Mais aurait-il le loisir (supposé que ces monuments existent encore) de courir l'Europe pour les consulter? Naturellement il en demandera les dessins aux artistes anciens ou modernes. En définitive, le cabinet des estampes lui ouvrira ses collections si bien ordonnées; et là, bien souvent, une pièce inconnue, œuvre d'un médiocre dessinateur, lui offrira le plus précieux renseignement. Tout en refusant les éloges à la médiocrité, il faut reconnaître ses services; elle nous a conservé des détails inédits que les bons artistes avaient négligés. Les traits de plus d'un héros se sont retrouvés sous un crayon peu habile, comme l'histoire de sa vie privée sous une plume fort médiocre, mais contemporaine.

Revenons à notre directeur de théâtre. Il *tient*, et c'est beaucoup, ses costumes de rois et de princesses; mais il s'agit maintenant d'armer cinquante croisés, plus ou moins, ou cinquante Armagnacs : quel arsenal ira-t-il fouiller? Un petit directeur de province n'y regarde pas toujours d'aussi près : il heurte en un recoin de son magasin le casque d'un dragon de l'empire; il avise la veille hallebarde rouillée d'un suisse de paroisse; il ajoute ou supprime quelque chose; puis se dit, tout rayonnant : Voilà mes Paladins coiffés et mes Armagnacs armés jusqu'aux dents; *mon siége est fait!* L'armurier-cartonnier du théâtre se charge de l'équipement, et tout est dit : le public trouvera cela *superbe*. Mais le chef de l'Académie royale de musique sera plus exigeant ; il ne peut traiter si cavalièrement son armée de cinquante hommes, ni le bourgeois de Paris, mieux initié qu'autrefois au train du moyen-âge : il commence en effet à devenir plus connaisseur, et, partant, plus difficile, à l'Opéra comme à Versailles. Le pourvoyeur de nos menus plaisirs se rend donc, un matin, au Musée d'artillerie ; là, il s'agit de chercher, à travers le fer et les bayonnettes, une armure de connétable ou d'écuyer, de telle ou telle date ; il interroge chaque éperon, chaque étrier ; il passe en revue tous les casse-têtes : ce qui n'en est pas un des plus légers pour un directeur pressé de toute part.

A coup sûr, si notre Musée d'artillerie était au complet, parfaitement rangé et étiqueté, ce serait un arsenal artistique fort commode ; mais il offre encore un labyrinthe où l'antiquaire lui-même ne possède pas toujours le fil d'Ariane.

Le plus simple encore sera de gravir le hideux escalier du *Cabinet des Estampes ;* là il rencontrera un conservateur qui, joignant l'érudition à la complaisance, lui aura bientôt indiqué les recueils dont sa mise en scène réclame les secours, et le mettra sur les traces de l'antique Jérusalem ou du vieux Paris, des cuirasses du douzième siècle ou des arquebuses du quinzième.

L'anatomie suffisait autrefois à l'artiste ; aujourd'hui l'archéologie doit être une de ses études auxiliaires. Cette science, faisait, au siècle dernier, les délices de quelque savants nommés simplement *antiquaires*, substantif auquel le vulgaire attachait toujours une idée de manie, de ridicule. Tout à coup s'écroule, en trois jours, un trône fondé sur d'anciens piliers vermoulus ; et dès ce moment le vieux système du moyen âge devient un objet de curiosité mal apprécié jusque là. Il semble que la France, parvenue à l'âge viril, se complaise aujourd'hui à jeter un regard rétrospectif sur l'époque de son enfance ; elle a mis sous verre ses hochets, et recueille avec religion les débris des vieux temps, mais non pour en regretter le souvenir.

Vers 1830, un homme de génie s'élevait à l'horizon : *Notre-Dame de Paris,* cette œuvre si grandiose, trouva partout des lecteurs émerveillés. Je dois personnellement à ce roman, si brillant d'imagination et de couleurs locales, un goût qui sera désormais

celui de ma vie entière; et si je jette jamais quelque lueur dans
le monde savant, c'est à ce brillant fanal que j'en devrai l'éclat.
V. Hugo a semé partout le germe de l'archéologie appliquée au
moyen âge. Cette science, ennoblie sous une plume éloquente, a
fait des progrès inouïs auxquels la peinture a participé. Notre roi,
en créant et protégeant le musée de Versailles, semble avoir cédé
à cette influence, née de la révolution même qui l'a mis sur le
trône. L'archéologie, depuis lors, est devenue l'aide indispensable
de la peinture historique; et, je n'en doute nullement, si le roi
des Français avait le loisir de vérifier par lui-même les divers
départements de la Bibliothèque, il serait le premier à féliciter
le chef du cabinet des estampes.

Fera-t-on un crime à M. Duchesne d'avoir prévu et secondé
si bien ce mouvement dans le goût du siècle? Il y a vu une obli-
gation de donner à son cabinet une extension nouvelle; il a mis
les ressources qu'il renferme au niveau des besoins artistiques de
l'époque. Supposez à la place d'un conservateur ami du progrès
un vieillard routinier, stationnaire; eh bien! nous verrions, sur
les banquettes de son entresol, figurer à côté de quelques vrais
artistes une bande d'écoliers occupés gravement à copier, qui un
œil, qui un nez, qui une maisonnette, d'après une taille douce
valant 15 c. chez tous les étalagistes.

La foule studieuse s'étant grossie, on a doublé les tables; puis
elles sont devenues trop courtes. Faut-il les supprimer ou les
accroître?

C'est le bon sens public que j'interroge.

Je crois avoir prouvé suffisamment les services éminents de
notre conservateur. Puisqu'il a annexé au département des estampes un appendice nécessaire, il faut tout simplement y reconnaître deux catégories bien distinctes, mais inséparables l'une de
l'autre : 1° la division *artistique*, qui comprendra l'école ancienne
et moderne, française et étrangère; 2° la division que je nomme-
rai, si l'on veut, *encyclopédique*; elle renfermera les plans géné-
raux, la topographie, l'architecture, les portraits, les événements
et cérémonies historiques, les costumes, les caricatures, l'orne-
mentation, l'histoire naturelle, les inventions physiques ou
mécaniques, les jeux, les recueils d'images de sainteté, de tombes, de blasons, d'armes, de vitraux, de miniatures, etc. Ces

divers objets formeront trois sections : archéologique, scientifi-
que, industrielle.

MM. les experts nommés par le ministre me semblent compé-
tents surtout pour indiquer et classer les graveurs de premier
rang qui doivent former école, ensuite pour assigner une marche
au catalogue général de cette catégorie. Ils seront peut être ame-
nés, vu la difficulté de tracer une ligne nette de démarcation, à
former une école de deuxième et troisième rang. Ils associeront
naturellement à ces travaux M. Duchesne, dont on ne saurait se
passer, quoiqu'on ait l'air de croire le contraire. Tout graveur,
exclu de la catégorie artistique, tombera nécessairement dans la
division de l'imagerie où règne l'ordre par sujets.

Pour cette dernière division, où la gravure joue un rôle tout
différent que dans les œuvres d'artistes, on pourrait, avant d'ar-
rêter le plan définitif d'un catalogue, s'aider de l'avis de quelques
experts moins illustres ; mais ici encore, en dépit de M. Naudet,
l'avis de M. le conservateur aura un grand poids dans la ba-
lance.

Grâce au maintien de l'ordre établi, les historiens continue-
ront à suivre le cours de leurs recherches ; les ornemanistes à copier ces formes gracieuses dont l'étude a porté si haut la perfec-
tion des bijoux et des bronzes parisiens ; les mécaniciens et les
physiciens à consulter ces images d'anciens appareils, qui peuvent ressusciter, pour le siècle présent, de bonnes vieilles idées
tombées dans l'oubli.

En vérité, c'est un beau triomphe que d'avoir rendu un établissement trop utile, trop universel ! Aussi fallait il que l'envie
s'en mêlât. Si le chef de la section des médailles s'avisait de
créer de son côté, au moyen de doubles mis au rebut, une nouvelle branche numismatique, encourrait-il également le blâme de
M. Naudet ? lui refuserait-on un supplément d'armoires ?

Je n'ai jamais compris le but de cette jalousie injuste dirigée
contre le cabinet des estampes ; on cherche, sous maints prétextes,
à en diminuer la vogue et l'influence ; on lui retire une multi-
tude d'ouvrages qui lui appartiennent évidemment ; deux lignes de
texte, un titre joint à une collection de gravures, en voilà
assez pour adjuger l'ouvrage aux imprimés. D'où vient un tel
acharnement ? Est-ce parce qu'ici règne l'ordre, et là le chaos ?

parce que, de ce côté, le public juge à propos d'applaudir ; de cet autre, de siffler ?

Eh ! messieurs du premier étage, de quoi vous plaignez-vous ? Vous voulez tout accaparer pour tout enfouir dans le gouffre de la confusion. Au lieu de réclamer le bien de l'entresol, débrouillez plutôt votre écheveau, rangez, classez, cataloguez ces montagnes de livres qui ne servent à personne, ainsi entassés sans fruit, comme les piles d'écus de l'avare. Le nombre de vos richesses dépasse-t-il vos forces, défie-t-il votre nonchalance, ou abat-il votre courage ? Par l'ombre de Van Praet ! mettez-vous à l'œuvre ! déchargez-vous de vos recueils de gravures ; laissez la tâche de les classer à l'homme actif et soigneux qui en a classé tant d'autres, il vous restera bien assez de besogne.

En vérité, la postérité serait trop stupéfiée d'apprendre qu'en 1848 on a persécuté un homme d'honneur et de talent, pour avoir donné au département dont on lui confia la surveillance trop d'extension, trop d'importance, et cela au milieu d'un siècle prétendu de progrès... Quelle anomalie !

Et à propos de la qualité d'homme d'honneur, croyez-vous que ce soit chose d'une faible conséquence que la probité et l'intégrité bien éprouvée du gardien préposé au salut d'un pareil trésor ? le croyez-vous, en ce temps de procès scandaleux qui abondent depuis quelques années ? Son caractère personnel seul devrait imposer le respect ; et c'est à l'homme à la fois probe et éclairé qu'on inflige l'humiliation, en contrôlant ses actes les plus méritoires, en autorisant ses inférieurs à méconnaître son autorité ! Qu'on y prenne garde, un tel principe est toujours vicieux dans toute hiérarchie. D'où vient le mécontentement de quelques uns de MM. les employés subalternes ?.. peut-être du surcroît de zèle que réclame un service plus compliqué.

Je termine, monsieur le bibliophile ; il en est temps, car je me lasse vraiment de plaider une cause si évidemment bonne. J'ai toute confiance dans la solution de la question. M. Duchesne sortira de cette épreuve plus honoré, plus aimé, plus estimé que jamais. Les recueils de notre vieille imagerie ne seront pas démembrés ; le règne qui a si récemment rétabli avec tant d'éclat l'école des chartes ne laissera point tarir une source précieuse pour les études archéologiques ; le ministère qui encourage lui-même ces études, qui acheta la collection Dusommerard, qui fait publier la statistique monumentale de Paris et les documents inédits pour l'histoire de France ; ce ministère, aussi bien que la royauté protectrice de la galerie de Versailles, ne permettra jamais un acte de vandalisme si choquant, une contradiction si énorme. MM. les les experts, par cela seul qu'ils sont des hommes célèbres, comprendront le mérite de M. Duchesne et de ses œuvres. Sans atténuer en rien les droits ni la dignité des artistes graveurs, ils maintiendront ce qui est utile. Leur décision leur attirera la reconnaissance de cette Europe savante qui leur a si souvent prodigué les applaudissements.

Je souhaite, monsieur le bibliophile, que vous partagiez, à la fois, et mon espoir et les convictions dont vous voulez bien faire votre journal le dépositaire.

Agréez, Monsieur, l'assurance de mon estime et de ma reconnaissance.

A. B.

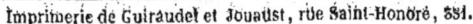

Imprimerie de Guiraudet et Jouaust, rue Saint-Honoré, 331.

www.ingramcontent.com/pod-product-compliance
Lightning Source LLC
Chambersburg PA
CBHW061431170626
46811CB00005B/2221